글 **윤영선**

충북 제천 산골 마을에서 태어나고 자랐다. 단국대학교 대학원에서 문예창작학과 아동문학을 전공하고 문학석사 학위를 받았다. 제5회 웅진주니어문학상 장편동화 부문에서 대상을 수상했다. 《국 아홉 동이 밥 아홉 동이》의 '쌀 나오는 바위'는 초등 4학년 2학기 국어활동에 3년 동안 수록되었다. 지은 책으로는 《수탉이 알을 낳았대》, 《괜찮아요, 할머니!》, 《나는 나를 사랑해!》, 《도대체 공부가 뭐야?》, 《잃어버린 미투리 한 짝》, 《글쓰기 대장 나가신다!》, 《박씨 성을 가진 노비》, 《매월당의 초상화》, 《라희의 소원나무》, 《마음이 건강해지는 초등글쓰기》, 《장영실과 갈릴레오 갈릴레이》, 《울림에 울림을 더하여》, 《유관순과 잔 다르크》, 《창의성 글쓰기》, 《우리 동네 대장 나가신다》 등이 있다.

그림 **강창권**

추계예술대학교 미술학부 동양화과를 졸업했다. 서울시 '다시함께센터' 공모전에서 최우수상을 수상했다. 이후 여러 분야에서 다양한 그림을 그리고 있다. 《골목의 아이들》, 《체리도둑》, 《평화를 노래하는 초록띠》, 《노래하는 은빛 거인》, 《도와줘! 친구야》, 《안녕, 명자》, 《소년 검돌이, 조선을 깨우다》 등의 책에 그림을 그렸다.

할아버지가 그랬어!

© 윤영선, 강창권 2023

발행일 초판 1쇄 2023년 4월 3일

글 윤영선
그림 강창권
디자인 이진미
편집 김유민
펴낸이 김경미
펴낸곳 숨쉬는책공장
등록번호 제2018-000085호
주소 서울시 은평구 갈현로25길 5-10 A동 201호(03324)
전화 070-8833-3170 **팩스** 02-3144-3109
전자우편 sumbook2014@gmail.com
홈페이지 https://soombook.modoo.at
페이스북 /soombook2014 **트위터** @soombook **인스타그램** @soombook2014

값 13,000원 | ISBN 979-11-86452-91-2
잘못된 책은 구입한 서점에서 바꿔 드립니다.

 시리즈는 가려져 잘 보이지 않는 세상 이야기를 구석구석 들춰 살펴봄으로써, 아이들이 스스로 넓은 시각을 가질 수 있도록 돕는 그램책 시리즈입니다.

할아버지가 그랬어!

글 윤영선
그림 강창권

할아버지 할머니가 우리 아파트로 이사 오셨어.

할머니는 맛있는 간식을 날마다 만들어 주셔.

난 할머니가 정말 좋아.

할머니 무릎이 많이 아프대.

신이 났던 내 마음은

바람 빠진 풍선처럼 쭈글쭈글해.

아이, 참!

할머니는 앉았다가 일어설 때마다
'아이쿠, 아이쿠!' 소리를 냈어.
할머니는 무릎이 점점 더 아파서
수술 받아야 한대.

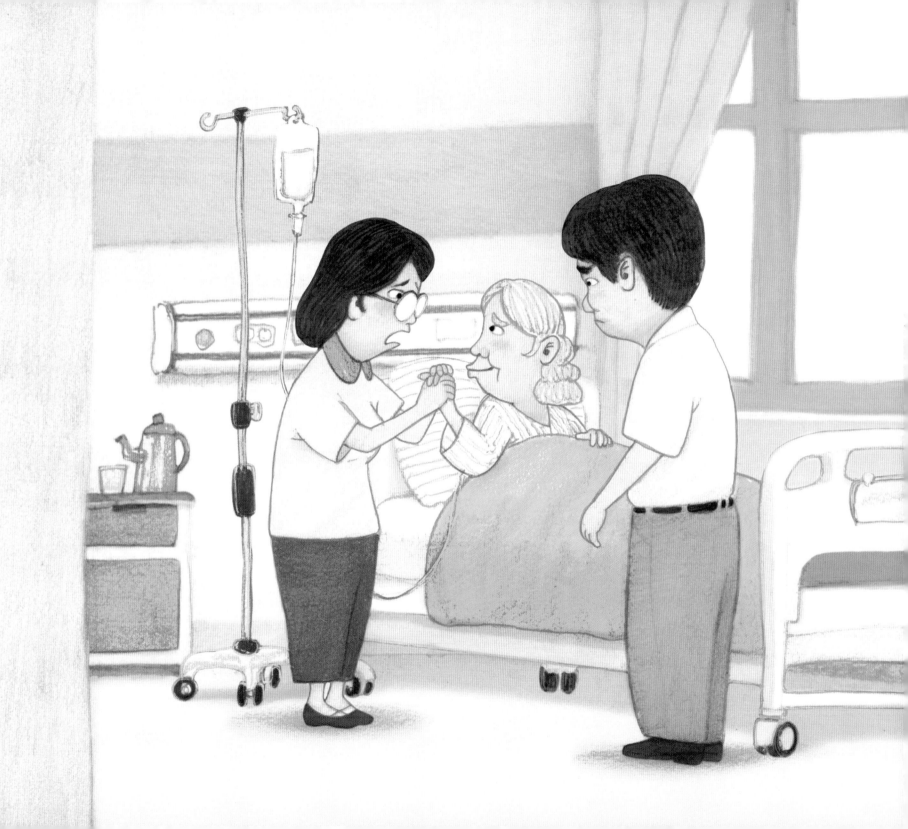

엄마 아빠는 회사에 출근하고,
나는 할아버지와 집에서 놀아.
하지만 **심심해!**
정말 심심해!

"할아버지, 계란찜 해 주세요!"

"그건 할머니가 하는 거다!"

할아버지가 그랬어!

"할아버지, 이 옷 빨아 주세요!"

"다른 옷 입어라. 빨래는 할머니가 하는 거다."

할아버지가 그랬어!

친구 생일 파티에 꼭 입고 가고 싶은데.

할아버지는 내 마음을 몰라.

"할아버지, 머리 묶어 주세요!"

"회사에서 엄마 오거든 묶어 달라 해라."

할아버지가 그랬어!

흥! 칫! 뿡!

"할아버지, 애니메이션 켜 주세요."

나는 큰 소리로 말했어.

"난 그런 거 모른다!"

할아버지가 그랬어!

아, **답답해!**

정말 답답해!

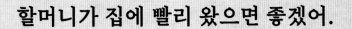

할머니가 집에 빨리 왔으면 좋겠어.

하지만 병원에서 걷는 연습을 더 많이 해야 한대.

할아버지가 맛있는 걸 만들어 주면 좋은데…….

힝……

어? 할아버지가 뭘 하시지?

할아버지가 허리를 구부릴 때였어.

뿌앙-!

할아버지가 대포 방귀를 뀌었어.

나는 깔깔깔 웃었지.

바로 그때 **뽕-!**

내 엉덩이에서 방귀가 나왔어.

"우리 강아지, 방귀 뀌었냐?"

할아버지가 껄껄껄 웃었어!

나는 아무 말도 못하고 베란다로 도망쳤지.

"밥 먹자. 계란찜 했다!"

할아버지가 그랬어!

핸드폰에서 뭘 자꾸 찾더니

계란찜을 하려고 그랬나 봐.

하지만 이건 계란국인데!

"빨래했다! 친구 생일에 입고 가거라!"
할아버지가 그랬어!
음, 좋아! 완벽해!
나는 빙그레 웃었어.

엄마가 요리를 하면 아빠는 식탁을 차리고

엄마가 빨래를 하면 아빠는 청소를 하고

엄마가 날 목욕시키면 아빠는 설거지를 했는데

할아버지가 아빠를 점점 닮아 가.

할머니가 집에 오셨어.

하지만 달팽이처럼 걸음이 느려.

"임자, 화장실에 데려다줘?"

할아버지가 그랬어!

"내가 할아버지 덕에 호강을 다 하네."

할머니는 활짝 웃으며 말했지.

할아버지는 온종일 부엌에서 곰국을 끓여.

"할머니 무릎에 좋은 음식이야!"

할아버지가 그랬어!

난 할아버지에게 엄지척을 하며 말했어.

"할아버지, 멋쟁이!"